Ольга Холодова

Хлоя

Сказка о мертвом цветке

Ольга Холодова

Хлоя

Сказка о мертвом цветке

Иллюстратор Ольга Холодова

© Ольга Холодова, 2017
© Ольга Холодова, иллюстрации, 2017

Сказка о приключениях Хлои. Девочка растет сиротой с дядюшкой и тетушкой. По стечению обстоятельств Хлоя попадает в королевство короля Горольда и живет во дворце долгих семь лет. Однажды привычная жизнь начинает уступать место приключениям и авантюрам, которые стали причиной встречи с ведьмой Глендой.

6+

Оглавление

Хлоя 1

День выдался жарким. Солнце не грело, а словно обжигало и кусалось. Хлоя вместе с кузиной Луизой и кузеном Аланом собирала клубнику у дома.

— Я устала, — сказала Луиза. Она села на тропинку и поставила перед собой миску с ягодой.

— Луиза, возьми мою миску. Я ее наполнила клубникой доверху. Отнеси ягоду матушке, а я тем временем буду собирать клубнику в твою миску, — попросила Хлоя.

— Может быть, и в мою миску немного ягоды соберёшь? — спросил Алан и улыбнулся.

— Нет. Это нечестно. Луиза младше нас почти на два года, поэтому я ей помогаю, — возразила Хлоя и кинула гнилую клубнику в Алана.

— Хлоя перестань кидать в меня ягоду, — попросил Алан. — Я не хочу тебя обижать.

— Не смеши меня, — сказала Хлоя и громко засмеялась.

Алан разозлился на кузину. Он взял горсть земли и кинул ее в девочку. Немного земли попало в миску с клубникой.

Хлоя воскликнула:

— Алан перестань кидаться землей. Ты испортишь ягоду.

Алан не унимался. Он опять набрал горсть земли и замахнулся, но не бросил землю.

— Ты права Хлоя. Пожалуй, хватит дурачиться. Нам уже по десять лет и я думаю нужно немного успокоиться, — сказал Алан.

— Чудо случилось, и ты стал умнее милый кузен, — усмехнулась Хлоя.

— Как смешно шутишь, — буркнул Алан. Он собрал полную миску клубники и пошёл к дому.

— Алан не обижайся, — крикнула кузену вслед Хлоя. Она положила ещё немного клубники в миску Луизы и тоже отправилась к дому.

Дом был большой и двухэтажный. На втором этаже находились небольшие спальни, а в низу холл и кухня. Интерьер был оформлен в теплых тонах, а дубовая мебель дополняла картину.

Хлоя жила с дядюшкой Стефаном и тетушкой Эммой с трехлетнего возраста. Почему малышка Хлоя осталась сиротой, ей никто не рассказывал, и она не спрашивала. Она полюбила дядюшку и тетушку.

Кузину Луизу малышка Хлоя всегда жалела и не обижала как впрочем, и кузена Алана.

Волосы Хлои были каштановыми, а глаза синие, как море. Белая кожа девочки была очень восприимчива к загару, поэтому Хлоя старалась летом прятаться в тени.

Хлоя вошла в дом и увидела, как тетушка собирает вещи в большую сумку.

— Мы собрали почти всю клубнику, — сказала Хлоя тетушке.

— Молодцы, — похвалила тетушка Эмма и продолжила собирать вещи.

— Куда вы собираетесь, — спросила Хлоя у тетушки.

— Хлоя не отвлекай меня, — отмахнулась Эмма.

Хлоя поставила миску с клубникой на стол в гостиной и снова подошла к тетушке.

— Тетушка давайте я вам помогу, — предложила Хлоя.

— Хорошо, — согласилась Эмма. — Бери сумку, которую я уже собрала, и нести ее в повозку.

Хлоя взяла небольшой синюю сумку и вышла из дома. Она подошла к повозке и положила в нее сумку. Дядюшка Стефан вывел лошадь из конюшни и стал запрягать ее в повозку.

— Дядюшка Стефан, куда вы собираетесь с тетушкой? — спросила Хлоя.

— Девочка моя, настали тяжёлые времена, — ответил дядюшка Стефан. — Я почти разорен и для того чтобы мне отдать долги и сохранить дом нам придётся продать что-нибудь ценное на рынке.

— Собирайся Хлоя ты поедешь с нами, — сказала тетушка Эмма. Она вынесла из дома большую коричневую сумку с вещами и положила ее в повозку.

— Луиза и Алан поедут с нами? — спросила Хлоя.

— Нет, — ответила тётушка, — они останутся дома и присмотрят за домашними животными.

— Может быть, я тоже останусь дома? — из вежливости спросила Хлоя, несмотря на то, что мечтала поехать на рынок.

— Нет малышка. Мне нужна будет твоя помощь на рынке, — ответила Эмма.

Хлоя обрадовалась и побежала в дом, чтобы собирать вещи. Хлоя одела свое любимое зеленое платье и черные туфли. Девочка положила в свою сумку плед и, сделав немного бутербродов в дорогу, вышла из дома.

— Какая ты молодец Хлоя. Ты сама собрала вещи и даже приготовила бутерброды в дорогу, — похвалила девушку Эмма.- Усаживайся в повозку нам пора отправляться в путь.

Хлоя забралась в повозку.

Дядюшка Стефан и тетушка Эмма положили ещё две небольшие сумки в повозку и стали прощаться с Аланом и Луизой.

— Не забывайте кормить животных, — предупредил дядюшка Стефан.

— Не переживайте. Мы всё сделаем, так как вы нас учили, — ответил Алан.

Тетушка поцеловала своих детей и залезла в повозку.

— Едем, — крикнул дядюшка Стефан и ударил лошадь хлыстом. Красивая кобыла заржала и повезла повозку. Хлоя попрощалась с Луизой и Аланом, помахав им рукой.

— Не огорчайся Хлоя. Через три дня мы вернемся домой, — сказала тетушка Эмма и мило улыбнулась девочке.

Дорога была долгой и скучной. Приближался вечер. Хлоя пожалела, что не взяла с собой свою любимую книгу. Она накрыла ноги пледом и стала смотреть на темнеющее небо. Солнце еще не скрылось за лесом, а несколько блеклых звездочек то и дело выглядывали из-за облаков. Они словно играли с солнцем в прятки. Неожиданно одна звезда покачнулась и стала падать. Она оставляла за собой едва видный белый след на небе.

— Желаю поскорее приехать, — загадала желание Хлоя.

Вдруг лошадь остановилась. Хлоя осторожно выглянула из повозки и увидела на дороге четверо мужчин.

— Кто они? — спросила шепотом Хлоя у тетушки Эммы.

— Замолчи и спрячься под плед, — приказала тетушка.

Хлоя накрылась пледом и не шевелилась.

— Ваш путь окончен, — приказным тоном сказал один из мужчин. Его звали Батч.

Батч подошел к повозке и схватил за руку дядюшку Стефана.

— Кто вы такие? Что вам нужно? — спросил дядюшка Стефан. Он попытался освободить свою руку от крепкой хватки Батча.

— Мы те, кто не убивают, но присваивают чужое добро. Мы лесные разбойники, — ответил Батч.

Батч был главный в банде, поэтому вел себя весьма уверенно и настойчиво. Он скинул в повозки дядюшку, а затем и тетушку.

Хлоя притаилась и боялась пошевелиться.

— Мы не одни, — крикнул дядюшка Стефан.

— Конечно. С вами ваши вещи, — согласился разбойник и ударил лошадь кнутом. Лошадь повезла повозку.

— Хлоя доченька, — закричала тетушка Эмма.

Хлоя выглянула из-под пледа и, увидев Батча, опять спряталась. Оставшиеся разбойники убежали в лес. Тетушка Эмма и дядюшка Стефан проводили печальным взглядом повозку, в которой сидела Хлоя.

— Бедная наша девочка, — сказала тетушка Эмма и заплакала.

Дядюшка Стефан обняла ее, и погладил по голове.

Луна вступила в свои полноправные права и сменила солнце. Блеклые звезды засверкали на небе серебряными светлячками. Птицы затихли, но изредка вдалеке ухала сова. Повозка остановилась.

— Загадала желание, — подумала Хлоя. Она выглянула из-под пледа и осторожно осмотрелась.

Батч слез с повозки, привязал лошадь к дереву и подошел к костру. У костра стоял его сын Колин и пристально смотрел на повозку. Батч подошёл к своему двенадцатилетнему сыну и похлопал его по плечу.

— Вещей в повозке много. Завтра будем решать, что с ними делать, — сказал Батч разбойникам, присутствующим у костра.

«Подожду, когда разбойники уснут и потихоньку сбегу», — подумала Хлоя.

Разбойники долго галдели, словно стая птиц и спустя некоторое время разбрелись по своим шалашам. Стало тихо и жутко. Хлоя опять выглянула из-под пледа и оглянулась. Костер почти потух, и разглядеть кого-либо в темноте девочке не удавалось.

— Нужно выбираться из повозки, — прошептала Хлоя. Она вылезла из под пледа и прислушалась.

— Отец, я переночую у повозки, — раздался в темноте звонкий голос Колина.

— Хорошо, — ответил Батч.

— Какая досада. Побег откладывается на утро, — пробормотала Хлоя и залезла под теплый, черный плед. Она притаилась, словно мышка и задремала.

Утреннее пение птиц разбудило Хлою. Солнце еще не взошло, но уже светало. Девочка стала осторожно выбираться из повозки. Вдруг фыркнула лошадь и напугала Хлою. Девочка насторожилась. Колин перевернулся на другой бок, но не проснулся. Хлоя аккуратно спрыгнула с повозки и сделала шаг.

— Кто ты? — услышала Хлоя за спиной. Она обернулась и увидела Колина.

— Я, я, — ответила Хлоя и сделала три шага от мальчика.

— Кто ты? — опять спросил Колин.

— Меня зовут Хлоя, — ответила девочка и побежала прочь от мальчика.

— Постой не убегай, — закричал Колин.

Хлоя не оглядывалась и бежала изо всех сил. Колин подбежал к отцу и разбудил его.

— Отец, в повозке пряталась девочка. Она, она только что сбежала, — сказал Колин.

— Если медведь не съест её, то волки догонят и растерзают, — ответил разбойник сыну.

— А если она забрала из повозки что-то ценное? — не унимался Колин.

— Ладно, утомил ты меня сынок. Ступай и разбуди Бреда. Догоним маленькую воришку, — приказал Батч.

Колин побежал к Бреду.

— Бред просыпайся. Ты нужен моему отцу, — сказал Колин.

Черноволосый и лохматый Бред открыл глаза и посмотрел на мальчика.

— Колин, ты можешь идти. Я сейчас приду, — ответил Бред и потёр глаза.

Колин вышел из шалаша разбойника и пошел к отцу. Бред оделся и пошел вслед за мальчиком. Разбойники отправились на поиски Хлои.

Солнце взошло и стало прогревать воздух. Хлоя остановилась и села на траву, чтобы немного отдохнуть. Тень деревьев укрывала девочку от жалящего солнца.

— Пить хочется, — пробормотала Хлоя.

— Мы тебя напоим водицей, — крикнули разбойники и окружили девочку.

Хлоя вскрикнула от неожиданности. Она поджала ноги под себя и закрыла глаза ладонями.

— Ах ты, негодница, хотела сбежать. Немедленно покажи мне, что ты взяла с собой из повозки, — сказал грубым голосом Батч. Он подошел к Хлое и схватил ее за руку.

— Ничего я не брала из повозки. Прошу вас отпустить меня, — попросила девочка.

— Нет! Я тебя продам на рынке, — ответил разбойник и грубо дернул Хлою за руку. Хлоя стала сопротивляться и кричать.

Вдалеке послышался лай собак.

— Нам пора идти, — крикнул Батч. Он потащил девочку за собой.

— Помогите, — закричала Хлоя и упала на колени.

Батч разозлился на девочку. Он замахнулся на неё рукой, чтобы ударить, но не успел. Мужчина на лошади ударил Батча кнутом по спине, и разбойник скорчился от боли.

— Как ты смеешь, — грубым и злобным голосом спросил Батч.

— Молчи! Я король Гарольд. Ты находишься в моём королевстве. Если не хочешь попасть в темницу, то ты должен повиноваться мне, — приказал король.

— Я не хочу в темницу. Позвольте мне уйти, Ваше Величество, — попросил Батч.

— Ступай прочь, — ответил король Гарольд.

Батч позвал сына и Бреда. Разбойник схватил Хлою за руку и потянул за собой. Хлоя отдернула руку.

— Ты должна пойти с нами, — сказал Батч.

— Нет, я не пойду с тобой, — крикнула Хлоя.

— Почему девочка не хочет с тобой идти, — спросил король.

— Моя сестра умерла. Ее дочь не хочет жить в моей семье, поэтому огрызается, — вежливо ответил разбойник.

— Ты всё выдумал воришка. Ты похитил меня и хочешь продать на рынке, — закричала Хлоя.

— Малышка перестань меня оскорблять, — вежливо попросил Батч. Он сжал кулаки, едва сдерживая гнев.

— Как ее имя, — спросил король.

Батч не ожидал такого вопроса и растерялся. Он посмотрел на сына в надежде получить подсказку.

— Имя девочки…, — медленно произносил Батч.

— Отойди от девочки, — приказал король разбойнику. Он достал из кармана своего кафтана несколько золотых монет.

— Я забираю девочку у тебя. Она поедет со мной во дворец, — сказал король Гарольд.

— Этих монет достаточно? — спросил король и кинул золотые монеты разбойнику.

10

— Да, Ваше Величество, — довольным голосом ответил Батч. Он махнул рукой сыну и скрылся за деревом. Колин и Бред поспешили за разбойником.

Малышка подойди ко мне, — приказал король.

Хлоя встала на ноги и подошла к лошади, на которой сделал король Гарольд.

— Как тебя зовут? — спросил Гарольд.

«Лучше во дворце прислуживать, чем к разбойникам опять вернуться», — подумала девочка и ответила. — Меня зовут Хлоя.

— Прелестно, — сказал король. — Ты будешь прислуживать моей дочери принцессе Элизабет.

Хлоя покорно кивнула головой в знак согласия и уже вечером впервые вошла в огромный белокаменный дворец.

Мраморный пол дворца украшали красивые ковры, а на окнах висели тёмно-зелёные портьеры.

«Красивый дворец. Даже в мечтах я не могла представить себе такое красивое убранство комнат», — подумала Хлоя

— Отец кто это девочка? — спросил маленький принц Ричард у короля.

— Я нашел её в лесу. Она будет прислуживать твоей сестре Элизабет, — ответил король Гарольд.

Принц обошёл вокруг Хлои и недовольно скривил лицо. Он был старше девочки на три года и смотрел на Хлою свысока.

— Еще одна плакса, — хихикнул Ричард.

— Где мой дворецкий? — спросил король у слуги.

— Он осматривает спальни, — ответил слуга.

— Отведи девочку к нему. Пусть он расскажет девочке о её новых обязанностях во дворце, — приказал король слуге.

Слуга взял Хлою за руку и повел вверх по лестнице на второй этаж дворца. Огромная картина с изображением короля Гарольда висела у двери одной из спален. Она привлекла внимание девочки. Хлоя остановилась и стала рассматривать картину.

— Как тебя зовут, — спросила принцесса. Она подошла к Хлое и стала ее разглядывать.

— Меня зовут Хлоя, — ответила девочка.

Принцесса взяла в руку кончик своих белоснежных кудрявых локонов и мило улыбнулась. Принцесса Элизабет была старше Хлоя на один год, несмотря на то, что ростом была чуть-чуть пониже девочки.

— Новая помощница? — спросил Эрик у слуги. Эрик служил дворецким не один год и прекрасно исполнял все поручения царской семьи.

— Да. Король велел мне привести её к вам. Она будет служить помощницей принцессы, — ответил слуга.

— Ещё одна служанка. У нашего короля доброе сердце, — сказал Эрик и улыбнулся.

— Иди за мной девочка. Я покажу и расскажу, что ты будешь делать во дворце, — сказал Эрик и стал быстро спускаться вниз по лестнице. Хлоя поспешила вслед за ним.

Дворецкий подробно рассказал Хлое о том, что она должна будет ежедневно помогать принцессе умываться, одеваться и исполнять все ее распоряжения. Затем Эрик показал девочке маленькую комнату, в которой она будет жить, и ушел.

Хлоя осмотрела комнату и подошла к окну. Она посмотрела через окно на кусочек голубого неба и прошептала:

— Как поступить? Сбежать или остаться?

Хлоя достала из шкафа чистую одежду служанки и стала переодеваться. Старый затвор двери скрипнул и в комнату заглянул Ричард.

— Закрой дверь, — воскликнула Хлоя.

— Трусишка, — засмеялся принц.

— Вам принц повезло, что я успела переодеться. В противном случае я бы.., — пригрозила Хлоя.

— Ты бы заплакала, — засмеялся Ричард.

— Невоспитанный мальчишка, — пробурчала Хлоя и вышла из комнаты.

С этого момента между ней и принцем началась детская вражда. При малейшем удобном случае Ричард высмеивал поведения Хлои. Она же в ответ на придирки принца подстраивалась ему мелкие пакости. Тайком подсыпала ему в воду или чай соль и даже иногда случайно опрокидывали его любимое пирожное ему на туфли. Элизабет была в восторге от новой помощницы и день ото дня всё сильнее привязывалась к ней.

Хлоя больше не мучила себя вопросом: сбежать или остаться. Ответ был очевиден — дворец и царская семья нравились Хлое не меньше чем сама жизнь во дворце.

Хлоя училась всему тому, чему училась принцесса Элизабет, от чего становилось интересным собеседником и другом.

Шло время. Один день сменялся другим, предательски унося безмятежное и озорное детство Хлои в пустующее прошлое. Прошло семь лет. Король немного состарился, а его любимый сын Ричард заметно возмужал и окреп. Принцесса же напротив стала более женственной и нежной в отличие от Хлои. Хлоя по-прежнему враждовала с принцем. Она всячески показывал окружающим свою стойкую волю и крутой нрав. Детские шалости остались в прошлом и сменились словесной перепалкой, из которой Хлое удавалось выходить победителем и оставаться в превосходстве. Принц Ричард не огорчался, а отшучиваться и уходил.

Наступили холода, и принцесса неожиданно заболела. Лекарь осмотрел Элизабет и попросил Хлою собрать немного целебных трав для чая. Хлоя была прилежной ученицей и прекрасно разбиралась в травах. Она накинула свой фиолетовый плащ и отправилась в лес.

Черные тучи нависли над лесом, предупреждая о приближающейся грозе. Хлоя быстро собрала травы, но не успела выбраться из леса. Дождь застал девушку и обрушился с неба большими холодными каплями. К счастью вдалеке Хлоя разглядела небольшую хижину и побежала к ней. Она спряталась под навесом у двери хижины и стала осматриваться.

— Кто может здесь жить? — спросила шепотом Хлоя.

— Я здесь живу, — ответил юноша и открыл дверь хижины. Он посмотрел на Хлою заинтересованным взглядом и предложил ей войти в хижину.

— Нет. Спасибо, — поблагодарила Хлоя. — Я подожду, когда закончится дождь у хижины.

— Упрямая девушка, — хихикнул юноша и вышел к ней из хижины.

— Меня зовут Тедерик, — представился юноша. — Как твое имя незнакомка?

Хлоя застеснялась, но старалась сдерживаться.

Меня зовут Хлоя, — любезным тоном ответила Девушка.

— Почему ты бродишь одна, — спросил Тедерик.

— Мне нравится гулять в лесу, — пробормотала Хлоя.

— Ты стесняешься меня? — вежливо спросил юноша и взял Хлою за руку.

Хлоя посмотрела на юношу и их глаза встретились. Тедерик улыбнулся и подмигнул девушке.

— Дождь закончился и мне пора идти, — сказала Хлоя и робко освободила руку из руки юноши.

— Я буду ждать тебя завтра у этой хижины, — сказал Тедерик.

— Я не приду, — ответила Хлоя и пошла во дворец.
— Завтра увидим, — прошептал юноша и вошел в хижину.

Хлоя вошла во дворец и отнесла травы лекарю.
— Хлоя твоя одежда промокла под дождем. Тебе нужно срочно переодеться. Мне не нужен еще один больной, — сказал Лекарь. — Я заварю чай и отнесу его принцессе.
— Спасибо, — поблагодарила Хлоя и пошла в свою комнату. Она уже подошла к двери своей комнаты, когда услышала за спиной чьи-то шаги.
— Неудачное время ты выбрала для прогулки Хлоя, — укоризненным тоном сказал Ричард.
— Опять со своими шуточками. Когда же вы повзрослеете дорогой мой принц, — прошептала Хлоя и вздохнула.
— Что ты там бормочешь? — спросил принц Ричард.
— Я устала и хочу отдохнуть. Это возможно? — спросила Хлоя.
— Конечно, иди дитя, — съязвил принц.
Хлоя стиснула зубы и вошла в твою комнату. Девушка сняла с себя всю одежду и надела синее платье. Она села на кровать и задумалась. Встреча с Тедериком никак не выходила из головы.
— Нужно отвлечься от воспоминаний, — прошептала Хлоя. Она вышла из комнаты и отправилась в конюшню помочь конюху расчёсывать гривы королевских лошадей.

Хлоя пыталась перебороть любопытство и интерес к юноше Тедерику, но не смогла. На следующий день она опять отправилась в лес. Во дворце она сказала, что ей нужно собрать еще немного целебных трав. Тедерик ожидал девушку у хижины. Он искренне обрадовался, что Хлоя всё-таки пришла к хижине.

Тедерик и Хлоя долго разговаривали обо всём, что только приходило им в голову. Хлоя вела себя непринуждённо и открыто чем мгновенно завоевала симпатию юноши. Мимолетная искра симпатии между Хлоей и Тедериком постепенно с каждым днем стала перерастать в обжигающее пламя любви.

Прошло больше месяца. Хлоя с ужасом осознавала, что полюбила всем сердцем юношу. Тедерик отвечал девушке взаимной симпатией, от чего у Хлои кружилась голова.

— Я счастлива. Мне хорошо, — шептала Хлоя, когда шла на очередное свидание с юношей. Она подошла к хижине и впервые не встретила у двери любимого Тедерика.

«С ним что-то случилось», — с ужасом подумала девушка. Она открыла дверь хижины и позвала юношу.

— Хлоя я немного опоздал, — крикнул Тедерик и подошел к хижине.

— Я забеспокоилась о тебе, — укоризненно сказала Хлоя.

— Пойдем на наше любимое место, — позвал Тедерик и взял Хлою за руку.

— Пошли, — согласилась Хлоя.

Хлоя и Тедерик вышли из леса к берегу синего моря. Увесистые скалы украшали берег моря, образуя небольшой залив. Хлоя села на большой камень на берегу моря и опустила ноги в воду. Тедерик сел рядом с ней.

— Посмотри Тедерик какое сегодня неспокойное море. Волны бесцеремонно бьются о скалы, и разлетается соленым дождем, — сказала Хлоя.

— Во всём виноват ветер. Он принес волнение и беспокойство морским волнам, — ответил юноша.

— Также как и ты, мне, — застенчиво ответила Хлоя и положила голову на плечо Тедерика.

Тедерик ничего не ответил девушке. Хлоя посмотрела юноше в глаза и спросила:

— Тедерик, у нас тобой будет свадьба?

— Свадьба? — переспросил юноша.

Хлоя вопросительным взглядом посмотрела на него.

— Я об этом не думал, — ответил Тедерик.

— Досадно, — огорчилась Хлоя. — Мне нужно идти.

Девушка встала с камня и, отвернувшись от юноши, быстрыми шагами направилась к лесу.

— Не обижайся Хлоя, — попросился Тедерик.

— Прощай, — сказала Хлоя, не оглядываясь на Тедерика. Она сделала еще пару шагов и скрылась в лесу. Девушка почти бежала и быстро добралась до дворца.

Хлоя вошла во дворец и услышала восторженные крики принцессы.

— Хлоя, Хлоя, — позвала принцесса.

Хлоя была огорчена и не хотела никого видеть и тем более разговаривать.

— Хлоя подойди ко мне, — приказала принцесса Элизабет.

— Вам что-то нужно принцесса, — спросила Хлоя.

— Нет. Я хочу поделиться с тобой своей радостной новостью, — сказала принцесса, хлопая в ладоши.

— Что за новость, — безразличным тоном спросила Хлоя.

— Завтра во дворце состоится бал, на который приедет мой жених, — радостно пропищала Элизабет.

«Хоть кому-то везёт в этом мире», — подумала Хлоя.

— Он красив? — просила Хлоя, чтобы поддержать разговор.

— Не знаю. Он сын короля Дерека из соседнего королевства. Слуги говорят он немного нудный, — ответила Элизабет.

— Вам будет с ним скучно, — предположила Хлоя.

— Элизабет хватит паясничать. Иди вместе с Хлоей выбирать наряд, в котором ты пойдешь, завтра на бал, — вмешался разговор Ричард.

— Пришёл самый умный юноша королевства, — ехидно протянула Хлоя.

— В последнее время ты часто бегаешь в лес, — подвёл итог принц.

— Часто? — осторожно переспросила Хлоя.

— Наверное, все лекарственные травы в лесу собрала. Чем другие жители королевства будут лечиться, — усмехнулся Ричард.

Впервые принц застал девушку врасплох. Хлоя не знала, что ответить принцу. Она немного помедлила и убежала в комнату.

— Что с ней, — спросил принц.

— Не знаю, — ответила принцесса Элизабет.

— Она изменилась, — заметил Ричард.

— А по-моему всё та же Хлоя. Не отвлекай меня Ричард. Мне нужно выбрать платье для бала, — отмахнулась от разговора Элизабет и ушла в свою комнату.

Ричард решил выяснить, что происходит Хлоей. Он подошел к ее комнате и постучал в дверь.

— Хлоя, с тобой всё в порядке? — спросил Ричард.

— Да, не беспокойтесь. Мне с вами скучно, — грубо ответила Хлоя.

— Грубиянка, — пробормотал Ричард и ушёл.

Хлоя немного успокоилась и пошла в комнату принцессы, чтобы помочь ей выбрать нарядное платье для бала. Принцесса примерила, все свои наряды и выбрала фиолетово-розовое платье.

— Я буду неотразима на балу, и принц влюбился в меня, — прошептала принцесса.

— Я рада за вас Элизабет, — безразличным тоном сказала Хлоя.

Пришёл новый день и принёс новые надежды для принцессы. Она словно белка металась по дворцу из комнаты в комнату, отказывалась от еды и нервничала.

Хлоя тоже нервничала. Ей не удавалось отлучиться из дворца и уйти в лес на встречу с Тедериком.

Наступил вечер и гости стали собираться в холле дворца. Музыканты играли красивую безмятежную музыку. Хлоя помогала на кухне поварихе.

— Хлоя, Хлоя, — позвала принцесса Элизабет.

— Что случилось принцесса? — спросила Хлоя.

— Приехал мой жених. Отец показал его мне. Он сильный и красивый, — похвалилась принцесса.

— Я рада за вас принцесса, — ответила Хлоя.

— Пойдем Хлоя, я тебе покажу жениха, — позвала Элизабет. Она взяла Хлою за руку и повела в зал.

— Где же! Где же он, — нервно произнесла принцесса.

— Посмотри Хлоя мой жених выходит на балкон. Ты его видишь? — спросила принцесса.

— Да, — ответила Хлоя и прошептала, — ваш жених мой Тедерик.

— Что ты сказала? Твой Тедерик? — настороженным тоном спросила принцесса.

— Нет. Вы неправильно поняли принцесса. Я сказала немой Тедерик. Я слышала, что принц немой, — стала оправдываться Хлоя.

— Как немой. Он болен? Я пойду, спрошу у папеньки. Подожди меня здесь, — возмущенным голосом сказала принцесса и пошла к королю Гарольду.

Хлоя осторожно пробралась на балкон и подошла к Тедерику.

— Что происходит Тедерик. Почему ты не сказал, что ты принц, — злобно спросила Хлоя.

— Ты бы тогда, наверное, не влюбилась в меня? Ты это мне хочешь сказать? — спросил Тедерик.

— Да, — ответила Хлоя и вдохнула.

— Прости, — попросил прощения Тедерик.

— Прости! Это всё что ты хочешь мне сказать? — возмутилась Хлоя.

— Да, — ответил Тедерик. Он отвернулся от Хлои и сказал:

— Я не могу и не буду перечить отцу. Он велел мне жениться на Элизабет, и я женюсь на ней.

— Ты! ты! — крикнула Хлоя.

— Хлоя не дерзи гостю, — прервал разговор принц Ричард. Хлоя заплакала и убежала.

— Что случилось? — спросил Ричард у Тедерика. Тедерик пожал плечами и ушел с балкона.

Хлоя рыдала едва слышно, когда направилась к выходу из дворца.

— Хлоя ты обманула меня, но я тебя прощаю. Принц Тедерик здоров, — сказала принцесса, преградив девушке путь к выходу.

— Простите, — попросила прощения Хлоя.

— Что-то случилось? Ты плачешь? — просила Элизабет.

— Нет. Я резала лук на кухне, когда помогала поварихе, а сейчас хочу выйти на улицу немного проветриться, — ответила Хлоя.

— Что же ступай, — сказала принцесса.

Хлоя вышла из дворца и побежала в лес.

Осознавая, что ее никто не видит, Хлоя громко зарыдала. Она бежала по знакомой тропинке и, пробравшись через лес, вышла на берег моря. Хлоя взобралась на высокую скалу и посмотрела на море.

— Запах моря манит и завораживает, — сказала Хлоя и подняла руки на уровне плеч.

Ветер трепал её каштановые волосы, подол и рукава синего платья.

— Я больше не буду страдать! Я птица! — крикнула Хлоя и хотела прыгнуть в море, но почувствовала, как сильные руки обняли ее за талию.

— Отпусти меня, — закричала Хлоя и обернулась. Перед ней стоял принц Ричард.

— Что ты задумала грубиянка, — проворчал принц.

— Я птица и хочу улететь, — прошептала сквозь слёзы Хлоя.

— Успокойся Хлоя, — сказал Ричард приказным тоном. — Ты никуда не улетишь, потому что я намерен жениться на тебе.

— Что? — спросила Хлоя.

— Ты мне нравишься, и я хочу жениться на тебе, — ответил принц.

— Ричард вы мне как брат, — возмутилась Хлоя. — Я люблю вас как брата.

— Перестань перечить Хлоя. Мы уже не дети и пришла пора принимать взрослые решения, — сказал принц Ричард рассудительным тоном.

— Я думаю, король Гарольд не одобрит ваш выбор, — сказала Хлоя и она оказалась права. Король Гарольд был разгневан, когда услышал о намерении Ричарда жениться на Хлое.

— Ты женишься только на принцессе! — кричал Король.

Ричард долго сопротивлялся воле короля. Он сквернословил и отвергал всех претенденток, выбранных королем ему в жены. В конце концов, король согласился поженить Хлою и Ричарда.

— Свадьба состоится через два месяца, — предупредил Хлою принц.

— Так скоро? — осторожно спросила Хлоя.

«Что мне делать? Я не люблю Ричарда» — подумала Хлоя.

— Раньше не получится сыграть свадьбу. Через месяц свадьба у Элизабет и Тедерика, — ответил Ричард.

— Ричард, можно мне уехать повидаться с родственниками перед свадьбой? — просила Хлоя.

Ричард помедлил и ответил:

— Я прикажу подготовить карету.

— Спасибо, — поблагодарила Хлоя и поцеловала принца в щеку. Принц не растерялся и подставил другую щеку. Хлоя улыбнулась и вновь поцеловала его.

Карета была готова к утру и Хлоя отправилась в путь. Всю дорогу Хлоя читала книги и изредка наблюдала за меняющимися пейзажами из окна кареты. К вечеру четвертого дня карета Хлои подъехала к дому дядюшки Стефана и тетушки Эммы.

Хлоя вышла из кареты, потянулась и подошла к дому. Из дома ей навстречу вышла тетушка Эмма.

— Хлоя как ты выросла! Какое счастье, что ты вернулась домой! — восторженным голосом сказала тетушка Эмма и обняла Хлою. — Пойдем в дом, расскажешь нам, как жила все эти годы.

Тетушка Эмма стала совсем седой и немного прихрамывала.

— А где дядюшка Степан? — просила Хлоя.

— Его больше нет с нами. Прошло три года с тех пор, как сердечный приступ погубил его, — грустным голосом ответила тетушка.

Хлоя и тетушка Эмма вошли в дом. Хлоя заметила, что дом совсем стал ветхим и безжизненным. Луиза и Алан подошли к Хлое и стали обнимать её.

— Луиза ты заметно похорошела, — сказала Хлоя.

Луиза была немного выше Хлои. Ее коричневые волосы, придавали выразительность ее серым глазам.

— Ты тоже изменилась Хлоя, — ответила Луиза.

— Алан, а ты возмужал, — сказала Хлоя и улыбнулась. Алан улыбнулся ей в ответ. Цвет волос юноше достался от матери. Алан был брюнетом с серыми глазами и слегка смуглой кожей.

— Я рада, что впервые за долгие годы смогла приехать навестить вас, — сказала Хлоя.

— Садись пить чай Хлоя, — позвала тетушка.

— Я скучала по вашим пирогам тетушка Эмма, — призналась девушка.

Все дружно сели за стол и стали пить чай.

Хлоя рассказала о том, как спаслась от разбойников и попала во дворец. Она красочно описывала красивую жизнь во дворце и призналась в том, что через два месяца выйдет замуж за принца Ричарда, несмотря на то, что полюбила другого юношу.

— Счастливая ты Хлоя, — позавидовала Луиза.

— В какой-то степени я с тобой соглашусь, — ответила Хлоя.

— Луиза не приставай к Хлое, — сказала тетушка Эмма. — Хлоя, а ты иди в спальню Луизы и отдохни с дороги. Пусть был не близким. Ты, наверное, устала.

— Спасибо тетушка, — поблагодарила Хлоя и отправилась в спальню.

— Я пойду, сорву травы для козы, — сказал Алан и вышел из дома.

Тетушка Эмма убирала со стола, а Луиза смотрела в окно.

— Матушка. Я тоже хочу замуж за принца, — завистливым голосом сказала Луиза.

— Тише! — прикрикнула Эмма на дочь.

Луиза замолчала и поплелась из комнаты.

— Будет тебе дочка свадьба с принцем, — прошептала Эмма. Она одела свой фиолетовый платок и вышла из дома.

Эмма пробралась в чащу леса и подошла к покосившейся старой избушке. Она постучала в дверь избушки, из которой вышла ведьма Гленда.

Ведьма посмотрела на Эмму злобным взглядом и спросила:

— Что привело тебя ко мне?

— Мне нужна помощь могущественной ведьмы Гленды, — ответила Эмма.

— Гленда это я. Что ты хочешь от меня? — спросила ведьма.

— Прошу вас помочь мне избавиться от моей племянницы Хлои и передать ее облик моей дочери Луизе, — попросила Эмма.

Ведьма немного помолчала и сказала:

— Цена за такую услугу будет высока.

— Я на всё согласна, — ответила Эмма.

— Ты отдашь мне своего сына. А я женю его на своей дочери Микее, — прохрипела старуха.

Эмма задумалась.

— Ты согласна? — спросила ведьма.

— Да, — дрожащим голосом ответила Эмма.

— Приходи завтра с детьми и племянницей к закату. Отдашь мне своего сына и получишь желаемое, — сказала ведьма и вошла в избушку.

Эмма вернулась домой. Она вошла в комнату и села у камина. Эмма долго смотрела на сына и дочь.

— Мама, что-то случилось? — спросила Луиза.
— Нет, — отмахнулась от разговора Эмма.

В комнату вошла Хлоя. Она подошла к камину и стала греть руки.

— Предлагаю завтра пойти в лес за…, — сказала Эмма и задумалась.

— Зачем? — спросила Луиза.
— За грибами, — ответила Эмма.
— Я согласна, — радостным голосом сказала Хлоя.
— А я не хочу, — пробурчал Алан.
— Алан перестань упрямиться, — попросила Хлоя.
— Хорошо я пойду с вами за грибами, — согласился Алан.
— Прекрасно, — сказала Хлоя, радостно хлопая в ладоши.
— Покормим комаров своей кровушкой, — буркнула Луиза.
— Не боишься их отравить? — спросил Алан.
— Все в комнате дружно рассмеялись над его шуткой.

На следующий день Эмма с детьми и племянницей отправилась в лес. Ей с трудом удавалось направить Луизу, Алана и Хлою на тропинку, ведущую к ведьме. Алан то и дело старался уйти в другую сторону, заставляя Эмму немного понервничать. Наконец к закату Эмма привела Луизу, Алана и Хлою к избушке Гленды.

— Кто здесь живет? — спросил Алан.

Из дома вышла рыжеволосая девушка с карими глазами. Она подошла к Алану и стала его разглядывать.

— Чересчур любопытная девушка. Наверное, поэтому у неё нос немного кривой, — пошутил Алан.

Девушка фыркнула и подошла к избушке. Из избушки вышла ведьма. Она посмотрела на дочь и сказала:

— Твой сын Алан не понравился моей дочери. Я не выдам дочь замуж за него.

Эмма с облегчением вздохнула.

— Твой сын с этой минуты будет охранять, а не оскорблять, — сказала ведьма грубым голосом и сверкнула зелеными глазами.

Ведьма махнула рукой и прочитала заклинание. Алан стал превращаться в собаку.

— Остановись Гленда, — попросила Эмма.

— Ты опоздала Эмма, — ответила ведьма.

Алан превратился в красивого пса породы хаски. Пес подбежал к Эмме и жалобно заскулил. Ведьма посмотрела на Хлою.

— Я никого не оскорбляла, — сказала Хлоя.

Ведьма засмеялась и подошла девушке. Она провела рукой по ее каштановым волосам и прочитала заклинание. Луиза обрела внешность Хлои.

— Нет! Нет! — закричала Хлоя и превратилась в лисицу.

— Зачем ты превратила ее в лисицу? — спросила Эмма. — Уговор был другой.

Хлоя с ужасом смотрела на тетушку и Луизу.

— Я не убийца, а ведьма, — ответила Гленда.

— Матушка спасибо, — радостным голосом закричала Луиза. — Я выйду замуж за принца.

Хлоя хотела наброситься на кузину, но не успела. Ведьма одела ей на шею верёвку и привязала к дереву.

— Посиди здесь, — прохрипела ведьма и вошла в избу.

Эмма с дочерью пошли домой. Хлоя смотрела им вслед и плакала. Алан побежал к Хлое и сел рядом.

— Хлоя поверь, я ничего не знал о замысле матушки, — стал оправдываться Алан.

— Алан уйди, — стала прогонять собаку Хлоя.

— Нет, я не уйду. Мы сбежим от ведьмы и попросим у кого-нибудь помощи, — предложил пес.

— У кого? Ты собака, а я лисица. Кто нам сможет помочь? — спросила Хлоя.

— Главное сбежать от ведьмы, а потом будем думать, — ответил Алан.

— Хорошо ночью попробую перегрызть верёвку, — согласилась Хлоя.

Лисичка почувствовала на себе чей-то взгляд. Она посмотрела в окно избушки и увидела в нём ведьму. Ведьма смотрела на лисичку и Хлоя чтобы не вызывать подозрений легла на землю покорно положив голову на передние лапы. Гленда ушла от окна.

Наступил вечер. Хлоя дождалась, когда в окнах избушки ведьмы погаснет свет свечи и спряталась за дерево. Она перегрызла верёвку и побежала искать Алана.

— Хлоя где ты? — послышался вдалеке лай собаки.

— Стой на месте и никуда не уходи. Я иду к тебе, — проскулила лисичка.

Хлоя пробралась через густые заросли терновника и увидела у старого дуба в собаку. Она встала на задние лапы и поприветствовала Алана.

Алан поприветствовал Хлою восторженным лаем.

Хлоя побежала к Алану, но не добежала до него. Лисичка провалилась в чью-то нору.

— Алан помоги мне, — позвала Хлоя.

Она обернулась и увидела перед собой чьи-то мерцающие глаза.

— Алан быстрее беги ко мне! Позади меня дикобраз! — прокричала Лисичка.

— Хлоя почувствовала, как чьи-то когти вцепились ей в лапу.

— Вай-вай-вай, — запищала лисичка.

— Лисичка перестань кричать, — попросил голос из темноты.

— Убери от меня свои когти, — закричала лисичка Хлоя.

— Хорошо я не хотел тебя напугать, — протяжно мурлыкнула тень.

— Ты кот? — спросила Хлоя.

— Да, я лесной кот, — промурлыкал кот.

— Лесной кот — это значит дикий, бездомный кот. Тебя выгнали из дома хозяева? — спросил лисичка.

— Нет, — злобно ответил кот. — Я лесной, лесной кот! Я вырос в лесу!

— Можно я буду называть тебя…, — не успела договорить Хлоя. Пес Алан бухнулся ей на спину.

— Ой! Ой! Ой! — воскликнула Хлоя.

— Хлоя я пришел к тебе на помощь, — пролаял пёс.

— Ты прилетел ко мне на помощь, — усмехнулась лисичка.

— Фыр! Фыр! Я боюсь собак! — зафыркал кот и стал метаться по норе, в надежде выпрыгнуть наружу.

— Не мельтеши и успокойся кот, — попросила Хлоя.

— Дайте мне убежать, — злобно рычал и фыркал кот. Он сел на задние лапы и выпустив когти, стал махать передними лапами, ожидая нападения собаки.

— Перестань лесное чудовище, — усмехнулась лисичка. — Пёс, которого ты испугался заколдованный юноша Алан, а я заколдованная девушка Хлоя.

Лесной кот замер на некоторое время, потом он успокоился и почесал за ухом.

— Свалились в мою нору и сказки сочиняете, — усмехнулся кот.

— Нет, — жалобно сказала Хлоя.

— Нас заколдовала ведьма Гленда, — пролаял пес.

— Гленда? Да! Я слышал про неё, — мурлыкнул лесной кот.

— Нам нужна помощь. Мы хотим вернуть себе облик человека, — сказала Лисичка.

— Я вам точно не помогу, — сказал кот.

— Жаль, — поскулила лисичка Хлоя.

— Я не помогу вам помочь, но у меня есть знакомая церковная мышь Лукия. Она живет у церкви и может посмотреть многие старинные святые свитки, — сказал лесной кот. — Выбирайтесь из норы, я покажу, куда вам нужно идти.

Пес, кот и лиса выбрались из норы.

— Пушистик при свете Луны ты похож на серый клубок шерсти, — усмехнулась Хлоя.

— Забавно шутишь лисичка, но меня зовут не Пушистик, а Вилсон, — пробурчал лесной кот. Он залез на сухой пень и показал Хлое и Алану как добраться до Лукии.

— Когда найдете церковную мышь, то скажите ей что вы мои друзья. Я уверен, она вам поможет, — промурлыкал лесной кот Вилсон.

— Прощай Вилсон. Спасибо тебе за помощь, — поблагодарила Хлоя. Она махнула своим рыжим хвостом и побежала с аланом искать церковную мышь.

Наступило утро. Ведьма вышла на улицу и позвала Хлою. Ответа не последовало. Гленда подошла к дереву и взяла в руки остатки верёвки.

— Микея, — позвала ведьма.

Дочь ведьмы выбежала из избушки.

— Хлоя ночью перегрызла верёвку и сбежала от нас. Она не должна далеко убежать. Ты должна догнать ее и привезти ко мне, — приказала Гленда.

— Микея села на землю, поджала ноги и превратилась в волчицу. Она подбежала к ведьме понюхала верёвку и убежала в лес.

Волчица шла по следам лисички Хлои, словно собака ищейка. Волчица не отдыхала и почти настигла Алана и Хлою, но потеряла след лисички у реки перед церковью. Волчица походила по берегу реки и села отдохнуть.

Хлоя и Алан в это время разговаривали у забора церкви с церковной мышью Лукией. Окрас шерсти мыши был серый с белыми пятнами на лапках.

— Я просмотрела все святые свитки. В священном писании написано, что колдовство развеется только тогда, когда ведьма умрёт. Как поступить с ведьмой вы должны решить сами без моего участия, — пропищала мышка.

— Спасибо Лукия, — поблагодарила мышку лисичка.

Лукия приветливо пискнула в ответ и скрылась под забором церкви.

— Что нам делать Алан? — растерянным голосом спросила Хлоя.

— Может быть, вернемся к твоему жениху Ричарду и попросим помощи у него, — предложил Алан.

— Мы животные, а он человек. Он не поймёт нас, — фыркнула лисичка.

— Может быть, ему сердце подскажет, — предположил Алан.

— Не знаю Алан, подскажет принцу сердце или нет, но попробовать стоит, — согласилась Хлоя.

Лисица и пес поспешили за помощью в королевство короля Гарольда.

Луиза и тетушка Эмма подъехали ко дворцу короля Гарольда.

— Матушка как мне себя вести, чтобы принц не догадался что я не Хлоя? — спросила Луиза у матери.

— Во-первых, не называй меня матушка, для тебя я тетушка Эмма. Во-вторых, не проявляй инициативы в познании дворцовых комнат. Всегда следуй позади принца, а не перед ним. В-третьих, не забудь, что принца зовут Ричард, принцессу Элизабет, а короля Гарольд, — поучала Эмма.

Луиза почтительно кивнула матушки головой и вышла из кареты. Из дворца вышел Ричард и подошел к девушке.

— Хлоя дорогая я успел соскучиться по тебе, — радостным голосом сказал принц.

— Я рада встрече с вами Ричард, — ответила Луиза.

— Ты изменилась. Что с твоими глазами? Почему глаза стали серыми? — засыпал вопросами Ричард.

Луиза растерялась. Из кареты вышла тетушка Эмма. Она попыталась отвлечь внимание принца и избавить Луизу от ненужных вопросов.

— Добрый день принц Ричард. Я тетушка Эмма, — представилась женщина.

Ричард осмотрел тетушку подозрительным взглядом.

— Тетушка Эмма заменила мне матушку, и я пригласила ее на нашу свадьбу, — пояснила Луиза.

— Идемте во дворец, — предложил принц.

Луиза зашла за принцем как велела матушка.

— Хлоя перестань прятаться за меня. Кого ты боишься? — усмехнулся принц.

— Вам показалось Ричард, — ответила Луиза.

Тебе и тетушке нужно отдохнуть. Хлоя покажи тетушке комнату для гостей, — попросил принц.

Луиза посмотрела на свою матушку в надежде получить подсказку. Эмма взглядом указала Луизе путь к лестнице.

— Пойдемте тетушка, я покажу вам вашу комнату, — сказала Луиза и улыбнулась принцу.

Тетушка Эмма и Луиза стали подниматься по лестнице на второй этаж дворца.

— Дворец оказался красивее, чем его описывала Хлоя, — прошептала Луиза.

— Тише, — прикрикнула Эмма на дочь. Принц пристально наблюдал за Эммой и ее дочерью.

«Хлоя изменилась. Она стала очень любезной. Подозрительно любезной», — подумал Ричард.

— Оглянись и улыбнись принцу, — попросила Эмма свою дочь. Луиза оглянулась и помахала рукой Ричарду.

«Очень странно», — подумал Ричард. Он помахал рукой Луизе и вышел из дворца.

Луиза тетушка Эмма постепенно и осторожно осматривали дворец и узнавали все тонкости жизни в нем.

Луиза при каждой новой встрече пыталась очаровать принца Ричарда. Она была нежной и покорной. Её навязчивость стала сильно раздражать принца. Ричард стал избегать встречи с девушкой, чем радовал короля Гарольда.

— Ричард, ты передумал женится на Хлое? — спроси король у принца. Ричард ничего не ответил, а лишь пожал плечами и вышел из дворца.

Принц пошел в конюшню и почти дошёл до нее, когда увидел на дороге скулящего пса породы хаски. Это был Алан. Алан договорился с Хлоей, что приведет принца к ней. Принц подошел к собаке и погладил ее.

— Красивый пес иди за мной, — позвал Ричард.

Алан встал на лапы и покорно поплелся за принцем в конюшню.

— Подготовь к завтрашнему дню лучших лошадей. Завтра состоится ежегодная охота на лис. Я намерен поймать пару плутовок, — приказал принц Джеку.

Джек служил главным конюхом у короля Гарольда. Он был высокий и крепкий мужчина. Его волосы были прямые и черные, а глаза карие.

— Принц Ричард, что мне делать с псом? — спросил Джек.

— Накорми его. Завтра я возьму хаски на охоту, — ответил принц.

— Как зовут собаку? — спросил Джек.

— Тибо, — ответил принц Ричард и пошел во дворец. Главный конюх вошёл в конюшню.

Лисичка Хлоя пряталась в траве у конюшни.

— Хлоя ты слышала, как меня назвал принц Ричард? — спросил Алан.

— Тибо! Интересное имя! — съязвила Хлоя.

— Ты слышала про охоту на лис, — спросила Алан.

— Да, — ответила Хлоя.

— Тебе нужно спрятаться, — предупредил Алан.

— Я спрячусь у старого дуба, а ты попробуй привести ко мне Ричарда, — попросила Хлоя.

— Хорошо, — ответил пес.

Из конюшни вышел Джек и позвал пса.

— Мне пора, — пролаял Алан.

— Встретимся завтра, — сказала Хлоя и побежала к старому дубу.

Алан вернулся в конюшню и подбежал к Джеку. Конюх погладил пса и поставил перед ним миску с едой. Пес приступил к еде, а Джек зашел в конюшню.

Прошла ночь и утреннее солнце озарило зелёный лес. Хлоя спряталась у дуба и с нетерпением ожидала возвращение Алана.

Вдалеке послышался лай собак. Лисичка навострила уши. Она выглянула из-за дуба в надежде увидеть принца.

— Вай, вай, вай, — зарычала лисичка Хлоя. Она увидела перед своей мордочкой злобный оскал боевой собаки. Хлоя испугалась и бросилась наутек.

«Хлоя попала в беду. Я должен ей помочь», — подумал Алан и побежал за лисичкой.

— Дичь, Дичь, — радостно закричали друзья принца.

Принц был лучшим из стрелков королевства. Он натянул тетиву лука и выпустил стрелу. Лиса Хлоя пробежала не больше метра и замертво упала на землю. Первым настиг лисичку Алан.

— У меня перебита лапа. Я не смогу убежать от собак, — жалобно скулила Хлоя.

— Лежи тихо я укрою тебя сухой листвой, — сказал пёс.

Лисичка Хлоя согласилась с кузеном. Она с трудом свернулась в клубок и замерла. Пес быстро укутал лисичку в листву и побежал к королевским собакам.

— Где лисица? — злобно закричал принц на собак. Собаки стали метаться у лошади принца.

— Ступайте и принесите мне лисицу, — приказал принц собакам.

Дворцовые собаки во главе с псом Аланом побежали в лес в поисках рыжей плутовки.

— Где? Где? Где лисица? — переговаривались между собой собаки. Они уже почти добежали до Хлои, когда пёс Алан увидел вдалеке зайца и побежал за ним.

— Бегите за мной. Лисица за тем сухим деревом, — залаял Алан. Дворцовые собаки побежали за Аланом и настигли зайца. Принц Ричард вместе с друзьями прискакал к собакам.

— Мелкая дичь, — подметил один из друзей принца.

— Лиса превратилась в зайца, — усмехнулся принц. Он приказал слуге забрать зайца и продолжил лисью охоту.

Лисичка Хлоя лежала под сухими листьями и прислушивалась к малейшему шороху. Боль в лапе становилась всё сильнее и сильнее. Неподалеку стал слышен шелест листьев, и Хлоя почувствовала запах волка. Лисичка Хлоя задрожала от страха и потеряла сознание, когда волчьи зубы вцепились ей в шею.

Удача больше не улыбнулась принцу на лисьей охоте, и он с друзьями вернулся во дворец без трофея.

Принц Ричард попрощался с друзьями и вошёл во дворец. Луиза, в образе Хлои, выбежала навстречу Ричарду.

— Ричард, может быть, ты познакомишь меня со своими друзьями? — спросила Луиза.

Не сегодня, — ответил Ричард.

Через неделю наша свадьба и я думала…, — не успела договорить Луиза.

— Хлоя, я устал и хочу немного отдохнуть после лисьей охоты, — грубым голосом пробормотал Ричард и стал подниматься по лестнице.

Луиза заплакала и побежала Эмме.

— Матушка я больше не нравлюсь принцу. Его безразличный взгляд ранит мне сердце. Принц стал груб и не приветлив при встрече со мной, — жаловалась Луиза.

— Принц нервничает перед вашей свадьбой. Потерпи немного доченька, — успокаивала дочь Эмма.

— Наверное, ты права матушка, — прошептала Луиза и положила голову матери на колени.

Эмма погладила дочь по голове и сказала:

— Через неделю сбудется твоя мечта. Когда вы с принцем поженитесь, ты станешь полноправной хозяйкой во дворце, и мы заживем иначе.

Наступила ночь. Луна бледным кругом повисла над лесом, едва освещая верхушки деревьев. Лисичка Хлоя с трудом открыла один глаз и стала вглядываться в темноту. Маленький волчонок подбежал к лисичке и стал трепать ее за хвост. Хлоя подтянула под себя больную лапу и попыталась встать.

— Не нервничай и успокойся. Тебе нужно набраться сил лисичка, — сказала волчица и подошла Хлое.

— Зачем вы притащили меня к себе в нору, — спросила Хлоя у волчицы.

— Я спасла тебя от собак и охотников, — ответила волчица.

— Как тебя зовут? — спросила Хлоя.

— Меня зовут Тесса, — ответила волчица.

— Спасибо Тесса, — поблагодарила лисичка.

Хлоя рассказала Тессе свою грустную историю о встрече с ведьмой.

Тесса выслушала Хлою и сказала:

— На краю королевства короля Гарольда в красивом каменном замке живет волшебница Азалия. Она величественная и могущественная чародейка. Возможно, Азалия сможет тебе помочь.

Хлоя обрадовалась и поблагодарила волчицу. Лисичка встала на лапы и хотела попрощаться с Тессой, но волчица ее остановила. Тесса попросила Хлою немного подлечить рану, а потом отправиться к волшебнице. Хлоя немного подумала и согласилась подождать.

Прошло четыре долгих дня. Хлоя окрепла и стала собираться в путь. Она еще раз поблагодарила волчицу Тессу, попрощалась с волчатами и стала выбираться из норы. Хлоя пробралась к выходу и увидела перед собой волчицу Микею. Волчица оскалила зубы и набросилась на Хлою. От неожиданности лисичка кубарем скалилась обратно в волчью нору.

Хлоя спряталась за волчицу Тессу.

— Что тебе нужно волчица? — спросила Тесса.

— Меня зовут Микея. Я дочь колдуньи Гленды. Хлоя ты должна пойти со мной! — прорычала волчица.

— Уходи прочь. Скоро вернется с охоты мой волк и растерзает тебя, — стала угрожать Тесса.

— Боюсь, твой волк не успеет спасти вашего детеныша, — рыкнула Микея. Она вцепилась острыми зубами в шею беспомощного волчонка и прижала его к земле.

— Я растерзаю тебя Микея, — зарычала Тесса.

— Не тронь его Микея. Я пойду с тобой к колдунье, — закричала Хлоя и подбежала к волчице Микеи.

Микея отшвырнула волчонка и пошла к выходу. Волчонок заскулил и прижался к матери. Хлоя прощальным взглядом посмотрела на Тессу и ее волчат и поплелась за Микеей.

Отчаяние терзало душу Хлои. Она смотрела безразличным взглядом на зеленую траву и медленно перебирала ногами, тем самым раздражая Микею.

— Хлоя нам нужно немного поспешить. Я устала и хочу побыстрее попасть домой, — попросила волчица.

— Бегу как могу, — ехидным голосом ответила лисичка.

— Не дерзи мне, ни то укушу, — пригрозила Микея.

— Сначала догони! — крикнула лисичка и припустилась в бег.

Волчица побежала следом и почти догнала лисичку, но рухнулась в огромную яму.

— Хлоя помоги мне, — взмолилась волчица.

Хлоя подбежала к яме и посмотрела на Микею. Она осмотрела яму.

— Ты сможешь выбраться из ямы без моей помощи. Прощай Микея, — сказала Хлоя и побежала к волшебнице.

— Хлоя! Хлоя! Хлоя вернись! — злобно рычала волчица, но ответа не услышала.

Микея стала метаться по яме, а Хлоя тем временем быстро бежала к волшебнице и к утру следующего дня наконец-то вышла к каменному замку Азалии.

Волшебница Азалия рассматривала розы в своём прекрасном саду у замка. Белокурая волшебница была одета в фиолетовое платье и черные туфли. Хлоя подбежала к волшебнице и легла у ее ног.

— Что тебе нужно лисичка? — спросила волшебница.

— Мне нужна ваша помощь Азалия. Меня зовут Хлоя и я невеста принца Ричарда, — начала рассказывать лисичка.

— Если ты Хлоя, то тогда на ком завтра женится принц? — любопытным голосом спросила Азалия.

— Под моим обликом скрывается моя кузина Луиза. Тетушка Эмма прибегла к помощи ведьмы Гленды, чтобы избавиться от меня, — грустным голосом сказала Лисичка Хлоя.

— Твоя тетушка и кузина обманули тебя? Подожди Хлоя, я принесу свой пенсне, и мы продолжим разговаривать, —

попросила волшебница. Она вошла в свой красивый замок и спустя какое-то время вновь вышла в сад.

Волшебница достала пенсне и посмотрела через него на лисичку.

— Хлоя, бедняжка. Как мне тебе помочь? Я думаю нужно как можно скорее всё рассказать принцу и помешать твоей кузине и тетушке обмануть его, — предложила Азалия.

— Вы правы Азалия, — согласилась Хлоя.

— Хлоя ты привела волчицу? Кто она? — спросила волшебница.

Хлоя спряталась за волшебницей и сказала:

— Она дочь ведьмы Гленды. Ведьма послала ее за мной.

Азалия посмотрела через пенсне на волчицу и ахнула:

— Рыжеволосая бестия! Ступай прочь волчица!

— Я уйду только вместе с Хлоей, — зарычала Микея. Волчица оскалил зубы, и стала приближаться к волшебнице.

— Защити Земля, — крикнула Волшебница и развела руками. Вокруг волчицы из земли вылезли железные прутья и заключили её в клетку.

— Усмири свой пыл Микея, — сказала волшебница и посмотрела на лисичку. — Я отправляюсь во дворец к Ричарду, а ты подожди меня здесь и постереги нашу гостью.

— Хорошо, — согласилась Хлоя.

Волшебница села в свою серую карету и исчезла.

— Хлоя помоги мне выбраться из клетки, — попросила волчица.

— Нет, — ответила лисичка.

— Ты пожалеешь об этом, — пригрозила волчица. Она встала на задние лапы и превратилась в девушку. Дочь колдуньи обошла клетку и посмотрела на небо. Стая ворон опустилась на клетку. Микея стала каркать и издавать жуткий вопль. Вороны сидели на клетке, громко каркали, а затем поднялись в небо и улетели.

— Скоро мы отправимся домой, — усмехнулась Микея. Она села на землю и превратилась в волчицу.

Тем временем волшебница Азалия вошла во дворец и поспешила навстречу к принцу. Она подошла к лестнице и увидела, спускающегося вниз, короля Гарольда.

— Азалия что привело вас к нам, — спросил король.

— Добрый день, Ваше Величество. Мне необходимо поговорить с принцем Ричардом, — ответила волшебница.

— Ты найдешь его на балконе. Перед своей свадьбой он стал очень странно себя вести, — сказал король Гарольд.

Азалия откланялась королю и поспешила на балкон.

Принц стоял на балконе и смотрел куда-то вдаль. Его черные волосы немного вились и развивались на ветру. Лицо принца было грустным и отрешенным. У его ног сидел пес Алан.

— Здравствуй Ричард, — сказала волшебница.

— Добрый день Азалия. Что привело вас ко мне? — спросил принц удивленным голосом.

— Ко мне пришла сегодня Хлоя, — начала рассказывать Азалия.

— Но этого не может быть. Хлоя сегодня целый день не выходила из замка, впрочем, как и вчера, — досадным голосом сказал принц Ричард.

— Вас обманули мой милый и доверчивый принц, — сказала Азалия и улыбнулась. Волшебница рассказала принцу о заговоре Луизы и тетушки Эммы.

— Бедняжка Хлоя. Я накажу этих заговорщиков, — злобно закричал Ричард. Он позвал стражу и приказал запереть Луизу и её мать в темнице.

— Азалия поспешим к вам, я хочу увидеть Хлою, — попросил Ричард.

Азалия и Ричард сели в карету и поехали к замку волшебницы. Пёс Алан последовал за каретой.

Карета ещё не доехала до замка, когда волшебница Азалия услышала стон Хлои. Волшебница и принц выбежали из кареты и поспешили в сад у замка.

— Нужно было сразу от тебя избавиться, — ворчала ведьма. Она схватила Хлою за шею и пыталась задушить.

Азалия взмахнула рукой, и потоком ветра откинула ведьму в сторону. Лисичка лежала на земле и едва дышала.

Ведьма скривила лицо и крикнула:

— Ты не сможешь одолеть меня.

Волшебница встала напротив ведьмы и подняла руки к небу. Шквал дождя обрушился на ведьму. Гленда не растерялась. Она подняла в воздух дерево и швырнула его в Азалию. Волшебница с трудом удержала дерево, но длинный острый корень пронзил ее ногу. Волшебница отбросила дерево, упала на землю и застонала.

— Нам пора в путь, — злобно хихикнула ведьма. Она схватила Хлою, позвала дочь и скрылась в лесу.

— Я догоню ведьму! — крикнул Ричард и побежал к карете.

— Ричард, не спеши! Тебе её не одолеть! — закричала вслед принцу Азалия. — Оставайся в моем замке, а я попрошу помощи у могучей Велены.

Ричард согласился с волшебницей. Он подошел к волшебнице и позвал пса.

Азалия укутала ногу в зеленую ткань и прочитала заклинание.

— Что она делает, — залаял пес.

— Лечу свою ногу, — ответила волшебница и подозрительно посмотрела на пса Алана. Волшебница достала свое пенсне и посмотрела через него на собаку.

— Ты кто? — спросила Азалия у собаки.

— Меня зовут Алан. Я кузен Хлои. Ведьма превратила меня в пса, за то, что я нагрубил её дочери, — ответил Алан.

— О чем говорит пес? — спросил принц.

— Его зовут Алан. Он заколдованный кузен Хлои, — ответила Азалия.

— Привет Алан. Ты пойдешь вместе со мной спасать Хлою? — спросил принц.

Пес радостно запрыгал на задних лапах.

Волшебница сняла с ноги зеленую ткань. На месте раны остался небольшой синяк.

— Мне пора в путь. Я скоро вернусь, — предупредила волшебница. Она махнула рукой. Поднялся ветер и Азалия, подняв руки, взлетела в небо.

Небесная тина тропинкой растелилась перед Азалией. Волшебница осторожно наступила на небесную тину и мгновенно оказалась у замка Велены. Замок могучей волшебницы сверкал и переливался цветами радуги. Азалия вошла в замок и подошла к волшебнице.

Волшебница сидела в мягком облачном кресле. Ее бордовое платье дополняли изящные зеленые туфли. Русые локоны были убраны под зеленую шляпку.

— Добрый день могучая Велена. Я пришла попросить помощи, — сказала Азалия.

— Мне все известно, — ответила Велена. Могучая волшебница подошла к большому мраморному камню и сняла с него веревку.

Велена отдала веревку Азалии и сказала:

— В том момент, когда принц свяжет этой веревкой руки ведьмы, Хлоя и ее брат вновь обретут облик человека, а колдунья превратится в камень.

Азалия взяла веревку, поблагодарила Могучую Велену и поспешила к принцу Ричарду.

Принц сидел на траве в саду волшебницы у кусов бледно — разовых роз и вдыхал аромат цветов.

— Я вернулась и принесла спасение для Хлои и ее кузена, — сказала волшебница принцу и протянула ему веревку.

— Для чего мне веревка? Веревка и есть победоносное оружие? — с усмешкой спросил Ричард.

— Да, — едва сдерживая обиду, произнесла Азалия.

Волшебница рассказала принцу, как нужно поступить с ведьмой, чтобы спасти Хлою и принц извинился за глупую усмешку.

Принц Ричард вместе с псом Аланом отправился спасать Хлою. Путь был долгим, и ночь настигла Ричарда. Принц забрался под ветви лохматой ели, позвал пса и устроился на ночлег. Сон подобрался неожиданно и обездвижил Ричарда. Во сне рука принца затекла, и он попытался немного пошевелить пальцами. Мурашки побежали по ладони и принц проснулся. Принц огляделся и увидел перед собой милую девушку Хлою.

— Хлоя! — закричал принц.

Ричард подбежал к девушке и обнял ее. От громкого крика принца проснулся пес Алан и громко залаял.

— Алан перестань лаять, — вежливо попросила Хлоя и высвободилась из объятий Ричарда.

Пес замолчал и, подбежав к девушке, стал обнюхивать ее.

— Хлоя как тебе удалось убежать от ведьмы? — спросил Ричард.

— Я не убежала от неё. Ведьма оказалась милосердной и на один день подарила мне возможность вновь стать девушкой, — ответила Хлоя.

— Почему же Алан остался собакой? — спросил Ричард.

Хлоя посмотрела на пса и сказала:

— Наверное, не заслужил.

Алан обиженно зарычал на Хлою.

— Милый принц, я уверена, что ты спасешь меня, и мы будем счастливы как прежде, — произнесла Хлоя.

Пес продолжал рычать на девушку.

— Да, Хлоя. Завтра мы с Аланом доберемся до избушки ведьмы Гленды и убьем ее, — произнес принц.

— Нет. Вы не сможете ее одолеть, — жалобно произнесла Хлоя.

Пес алан стал изредка полаивать на девушку.

— Сможем. Волшебница Азалия спросила у могучей Велены как одолеть Гленду. Велена ответила, что смертью колдуньи станет…, — не успел договорить принц. Пес Алан подбежал к нему и укусил его руку. Принц вскрикнул и стал ругать пса.

Пес грозно зарычал, подбежал к Хлое и оторвал кусок ткани от подола ее красивого платья. Кусок ткани изумрудного цвета превратился в комок шерсти. Пес выплюнул комок шерсти из пасти и стал кидаться на Хлою. Принц насторожился. Ричард подошел к девушке, обхватил ее милое лицо ладонями и посмотрел ей в глаза. Хлоя улыбнулась и подмигнула принцу своим карим глазом.

— Ты не Хлоя! Кто же ты? — воскликнул принц и отдалился от девушки.

— Противный пес! Ты все испортил! — зарычала Хлоя и превратилась в волчицу. Она оскалила свою волчью пасть и приготовилась напасть на Ричарда.

— Микея, принц под моей защитой, — залаял пес Алан. Он набросился на волчицу, и завязалась драка.

Принц подобрал с земли сухую корягу и хотел помочь Алану, но не смог приблизиться к волчице.

Неожиданно из кустов выпрыгнул лесной кот, рысь и манул. Они окружили волчицу. Израненная волчица Микея посмотрела на Ричарда и, перепрыгнув через лесного кота, скрылась в лесу.

— Спасибо за помощь Вилсон, — поблагодарил пес Алан.

— Вижу, что церковная мышь Лукия не смогла вам помочь, — сказал кот.

— К сожалению, Лукия не смогла найти ответ в священном писании, — произнес Алан. — Я и Хлоя будем спасены, если принцу удастся связать руки ведьмы.

— Боюсь, что принцу будет сложно это сделать, — промурлыкал лесной кот Вилсон.

— Почему? — спросил пес у кота.

— Колдунья никогда не спит, а если спит, то только тогда, когда дочь Микея охраняет ее сон, — ответил кот.

— Что же нам тогда делать? — спросил Алан.

— Моя знакомая мраморная кошечка Мурлена сможет вам помочь.

— Я провожу вас к ней, — предложил лесной кот.

Лесной кот попрощался со своими друзьями и подошёл к принцу. Пес и лесной кот стали звать принца за собой. Принц Ричард долго не понимал, что хочет от него пес, но, в конце концов, пошел за ним. Лесной кот привел Ричарда и Алана к мраморной кошечке. Вилсон рассказал Мурлене о Хлое и попросил кошечку помочь принцу.

— Хорошо. Я помогу принцу, — согласилась кошечка. Она сняла с шеи волшебное кольцо и поднесла его принцу. Ричард одел кольцо на мизинец и удивился, от того, что стал понимать языки разных животных.

— Слушай меня внимательно Ричард, — попросила Мурлена. — Чтобы одолеть ведьму тебе придется ее усыпить. Усыпить её можно при помощи аромата мертвого цветка. Мертвый цветок растёт в скалах в тайном месте, а охраняет его огромный медведь гризли.

— Не легкий нам предстоит путь Алан, — сказал принц и вздохнул.

— Ричард, когда ты одолеешь гризли и сорвешь цветок, то положи его в платок, на котором я нарисую дорогу к тайному месту, — предупредила Мурлена.

Кошечка подняла с земли черный уголек и стала рисовать им карту на голубом платке. Когда Мурлена закончила рисовать, она отдала платок Ричарду и пожелала ему и Алану счастливого пути.

Алан и Ричард поспешили за мертвым цветком.

Алан и Ричард шли, строго следуя нарисованному маршруту и уже к вечеру, подошли к первой ключевой метке на карте. Перед принцем и псом стоял большой дуб. Его ветви дружно образовывали густую крону, и лишь одна ветка росла сама по себе. Она указывала направление, по которому следовало продолжить путь Ричарду и Алану.

— Продолжим путь или устроимся на ночлег? — спросил пес у принца.

Ричард немного подумал и предложил идти до наступления ночи. Алан согласился и поспешил за принцем.

Алан и Ричард прошли еще немного и увидели вторую метку на старом камне.

— Мы совсем рядом, — радостно залаял Алан.

— Посмотри Алан, край камня указывает нам направление. Через двести шагов мы найдем последнюю метку. Солнце еще не село. Мы должны успеть до нее добраться, — сказал Ричард и прибавил шаг.

Принц и пес прошли двести метров и стали искать последнюю метку.

— Солнце садится за лес. Нам придется подождать до утра, — констатировал Алан.

— Ищи Алан, здесь должна расти синяя ель с красной веткой, — попросил Ричард.

— Ричард ее нет. Боюсь, что нам придется вернуться без цветка, — жалобно проскулил пес.

Ричард отказывался верить псу. Он вновь оглядел все деревья в округе и, убедившись, что синей ели нигде нет, сел на траву у старого сухого дерева и поник.

— Конец пути, — протяжным голосом сказал Ричард.

— Мы что-нибудь придумаем, — успокаивал принца пес Алан.

— Что-нибудь? — спросил Ричард и усмехнулся. — Что-нибудь.

Солнце уступило небо бледной луне. Лес потемнел и затих. Ричард смотрел вдаль отрешенным взглядом. Пес Алан дремал у его ног.

Вдалеке один за другим из травы стали подниматься в воздух бледно желтые огоньки. Они немного покружили и сели на небольшой куст. Ричарду стало интересно наблюдать за желтыми огоньками, и он направился к ним. Принц ступал на траву едва слышно, боясь спугнуть наваждение. Ричард прошел еще немного и приблизился к желтым огонькам.

— Светлячки, — радостно прошептал принц.

Одни светлячки кружили вокруг синей ели, а другие сидели на ее красной ветке.

— Алан, беги ко мне, — позвал принц.

Через несколько минут пес стоял у ног принца.

— Ель совсем маленькая, поэтому мы ее не разглядели, — радостно лаял Алан.

— Утром отправимся в путь, а сейчас ложимся спать, — приказал Ричард.

Алан и Ричард легли на траву у синей ели. Они немного полюбовались на озорных светлячков и уснули.

Наступило утро. Мокрая от росы трава пробудила Ричарда, и он разбудил Алана. Пес и принц посмотрели на направление, которое указывала им красная ветка ели и отправились в путь. Они пробрались через дремучий лес, и вышли к бурлящей реке.

— Немного отдохнем и продолжим путь, — сказал Ричард. Он подошел к краю реки и замер.

Неподалеку от принца из леса вышла огромная бурая медведица гризли. Она шла, тяжело ступая на землю, а рядом с ней бежали её два маленьких медвежонка.

Медведица подошла к реке. Она оставила медвежат на берегу реки, а сама вошла в воду и стала ловить рыбу.

Неугомонный медвежонок метался по берегу и залез на старое сухое дерево, висящее над рекой. Медведица увидела медвежонка на дереве и злобно зарычала на него. От неожиданности медвежонок упал в воду. Течение реки подхватило медвежонка и понесло прочь от медведицы. Медведица выбралась из воды на берег и побежала по берегу реки вслед за медвежонком.

— Я спасу маленького гризли, — пролаял Алан и прыгнул в бурлящую реку.

Река крутила и кидала пса в разные стороны, но пес Алан выстоял перед сопротивлением реки и спас медвежонка гризли. Алан вытащил медвежонка на берег и лег рядом с ним отдохнуть.

Медведица подбежала к медвежонку и стала облизывать его. Медвежонок открыл глаза и потянулся к матери. Принц осторожно отошел в сторону и наблюдал за происходящими событиями со стороны.

— Спасибо пес, — поблагодарила Медведица. — Проси чего хочешь.

Пес рассказал медведице о том, что ищет мертвый цветок. Медведица нахмурилась и посмотрела на медвежонка.

— Я помогу тебе пес, — рыкнула медведица. — Мертвый цветок растет в скалах у моей берлоги. Ступай за мной.

Принц и Алан пошли за медведицей. Высокая трава густой щеткой застилала землю в лесу и не давала быстро идти.

Гризли привела Ричарда и Алана к высоким скалам.

— Посмотрите на скалу. Над ущельем сидит краснокрылый стенолаз. Вы его видите? — спросила медведица.

— Да, — ответил пес.

— В этом ущелье растут мертвые цветы. Можете сорвать один цветок, только не забудьте накормить краснокрылого стенолаза. Его гнездо находится в ущелье, а к своему гнезду он никого не подпускает, — предупредила медведица.

— Я соберу для неё гусениц, — сказал Ричард.

Принц собрал в голубой платок немного Гусениц и полез в ущелье. Краснокрылый стенолаз сидел у входа в ущелье и громко посвистывал. Ричард высыпал из платка гусениц на небольшой выступ у входа в ущелья, и пока краснокрылый стенолаз отвлекся, принц пробрался в ущелье. Ричард осторожно сорвал цветок, завернул его в голубой платок кошечки и спустился вниз.

Пес и принц поблагодарили медведицу и поспешили на помощь Хлое. Дорога вилась длинной лентой и, проведя две ночи в лесу, к вечеру следующего дня Ричард и Алан подошли к жилищу ведьмы.

Лисичка Хлоя лежала привязанная к столбу у крыльца избушки. Гленда поджидала у окна избушки принца и пса. Хлоя увидела принца и оживилась. Заскрипели несмазанные дверные петли, и из избушки вышла ведьма. Она пристально осмотрела двор и подошла к лисичке. Гленда проверила железный ошейник на Хлое и вошла в избушку.

Ричард осторожно прокрался к лисичке.

— Я рада тебя видеть, — сказала лисичка.

— Мы с аланом пришли спасти тебя, — сказал Ричард.

— Ты понимаешь меня? — удивилась Хлоя.

— Да. Мраморная кошечка Мурлена подарила мне волшебное кольцо. Надев кольцо, я научился понимать язык животных, — ответил Ричард.

— Теперь с охоты будешь возвращаться с целой телегой дичи, — усмехнулась Хлоя.

— Я узнаю любимую грубиянку, — сказал принц и улыбнулся. Он рассказал Хлое о своем замысле.

— Как пронести мертвый цветок в спальню ведьмы? — спросил Ричард.

— Дай его мне и ступай спрячься, — попросила лисичка.

Ричард отдал цветок лисичке и осторожно скрылся в лесу.

Хлоя осмотрелась вокруг и позвала знакомую мышь. Полевая мышка выбралась из-под избушки ведьмы и подбежала к Хлое.

— Помоги мне пронести мертвый цветок в спальню Гленды, — попросила лисичка.

Мышка охотно согласилась. Она осторожно взяла мертвый цветок, завернутый в голубой платок кошечки, и залезла под избушку.

Прошло немного времени. Хлоя забеспокоилась, что полевая мышка не возвращается. Лисичка встала на задние лапки и вскарабкалась на нижнее бревно избушки, чтобы посмотреть в окно.

Хлоя заглянула в окно и увидела торчащий из щели в полу в углу комнаты голубой платок. Полевая мышка случайно прокусила стебель цветка и уснула.

Хлоя забеспокоилась. Гленда выглянула в окно, осмотрела двор и ушла от окна.

— Хлоя, я помогу тебе, — промурлыкала мраморная кошечка.

— Тебя зовут Мурлена? — спросила лисичка.

— Да, — дружелюбно ответила кошечка.

Мурлена прокралась к двери избушки. Она осторожно приоткрыла дверь и пробралась в избушку.

К счастью, ведьма была занята. Она перебирала лекарственные травы и развешивала их сушить. Микея вертелась перед зеркалом и расчесывала свои рыжие волосы.

Кошечка вытащила из щели в полу мертвый цветок, завернутый в голубой платок, и прокралась в спальню ведьмы. Мурлена достала из платка мертвый цветок и положила его под подушку Гленды. Комната стала наполняться сонным ароматом цветка.

Кошечка выбралась из дома и подошла к лисичке.

— Без тебя Мурлена мы бы не справились, — сказала лисичка.

— Надеюсь, принц Ричард одолеет ведьму. Прощай Хлоя. Мне пора идти в лес, — промурлыкала кошечка и убежала.

— Прощай, — сказала лисичка и посмотрела вслед кошечки.

Наступила ночь. Гленда и Микея поужинали и отправились спать. Аромат мертвого цветка был таким упоительным, что ведьма впервые за долгие годы легла на кровать и сразу уснула.

Лисичка вскарабкалась на нижнее бревно в избушке и посмотрела в окно. В избушке было темно, и Хлоя позвала Ричарда. Принц Ричард и пес Алан забежали в избу ведьмы, и подошли к её кровати. Гленда крепко спала. Принц достал волшебную верёвку и привязал ее конец к руке ведьмы.

— Ричард быстрее связывай ведьме руки, — гавкнул пес.

Ричард взял другую руку Гленды, чтобы связать ей руки, как вдруг ведьма открыла глаза и закричала. Принц и ведьма стали бороться. Гленда вырвала верёвку из рук принца. Ричард замешкался, и ведьма схватила его руку. Гленда замахнулась, чтобы набросить верёвку на руку принца, но пес помешал ей. Алан прыгнул на ведьму, и второй конец верёвки завязался на его лапе. Пес Алан и ведьма Гленда окаменели.

Задрожала избушка ведьмы и стала проваливаться под землю. Ричард взял на руки с соседней кровати дочь Гленды и выбежал из избушки. Он осторожно положил Микею под дерево и подошёл Хлое. Избушка ведьмы исчезла под землей и Хлоя превратилась в девушку. Она подбежала к Ричарду и обняла его.

— Я счастлива, — прошептала Хлоя.

Ричард ничего не ответил, а лишь сильнее прижал девушку к себе.

— Где мой кузен Алан? — спросила Хлоя.

— Он спас мне жизнь. Гленда погубила его, — грустным голосом ответил принц.

— Во всем виновата тетушка Эмма, — злобно произнесла Хлоя. Она заплакала и прижалась к принцу Ричарду.

— Тетушка Эмма и Луиза ожидают нашего возвращения в темнице, — сказал Ричард.

— Так поспешим же к ним, — попросила Хлоя.

Принц Ричард и Хлоя отправились во дворец.

Конец первой части.

Printed in Great Britain
by Amazon